Quand Geronimo est MINI...

ses aventures sont MAXI !

Geronimo Stilton

Texte de Geronimo Stilton.
*Sur une idée originale d'*Elisabetta Dami.
Coordination des textes de Margherita Banal (Atlantyca S.p.A.).
Collaboration éditoriale de Francesca Martucci.
Relecture scientifique de Lucia Mauri.
Coordination éditoriale de Patrizia Puricelli.
Édition de Maria Ballarotti *et* Benedetta Biasi.
Couverture de Giuseppe Ferrario *(dessins et couleurs).*
Direction artistique de Iacopo Bruno.
Conception graphique de la couverture de Luigi Altomare / *the*World*of*DOT.
Illustrations intérieures de Giuseppe Ferrario.
Coordination artistique de Lara Martinelli.
Conception graphique et mise en page de Daria Colombo.
Traduction de Béatrice Didiot.

www.geronimostilton.com

Loi 49-956 du 16 juillet 1949 sur les publications destinées à la jeunesse
Dépôt légal : juin 2021
Numéro d'édition : 24474
ISBN : 978-2-226-46139-1
Imprimé en France par Pollina s.a. en mai 2021. 97797.

Geronimo Stilton

Au secours, j'ai RAPETISSÉ !

ALBIN MICHEL JEUNESSE

FROUSSE ! SUPER FROUSSE !! MÉGA FROUSSE !!!

Argh, ces petits bidules blancs ne me lâchent pas… L’un d’eux vient même d’essayer de BECQUETER mon poporatin ! *Fiouu*… évité d’un poil !

Quoiquoiquoi ? On dirait d’adorables boules de COTON ? C’est ce que j’ai pensé, moi aussi, quand tout a commencé…

Mais sachez que ces charmants « pompons » sont très méchants ! D'ailleurs, je ferais bien d'activer les propulseurs de mon ScouitoPack ou ils m'attraperont et feront de moi du hachis de micro-souris !

Hum, vous vous demandez pourquoi moi, *Geronimo Stilton*, directeur de *l'Écho du rongeur* (le journal le plus célèbre de l'île des Souris), je suis en train de voleter, grâce à un harnais à moteur, dans un endroit très bizarre, avec à mes trousses

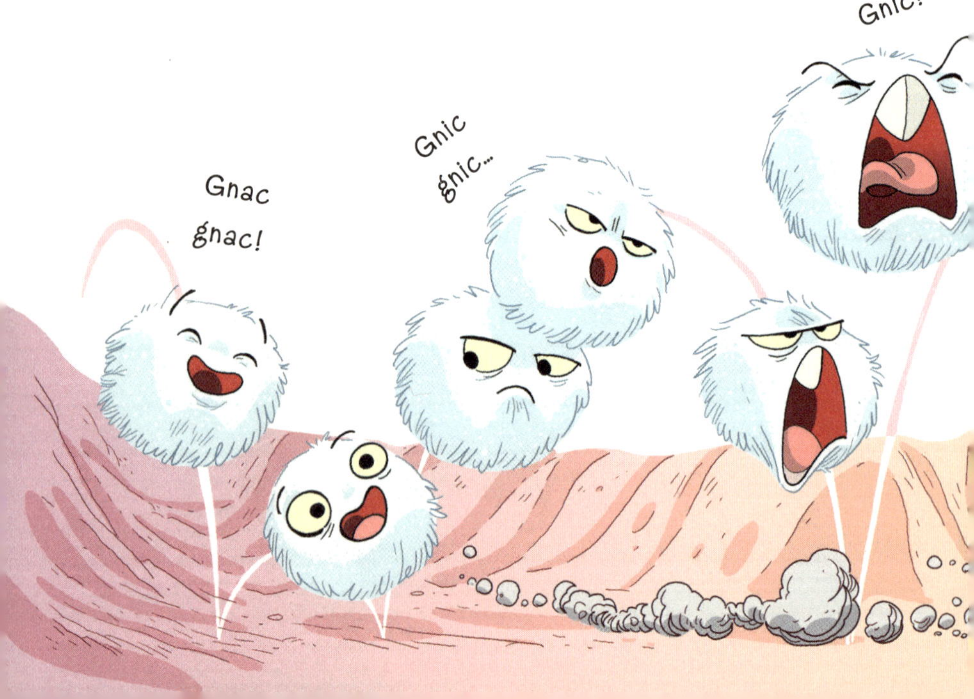

de perfides *petites créatures* **blanches** aux dents acérées ? Dans ce cas, mieux vaut que je reprenne mon histoire à son début, à savoir le moment où mes compagnons et moi nous sommes retrouvés là ! Voire celui où le **RAYON** nous a frappés… Ou mieux, celui où ma famille et moi sommes allés à notre rendez-vous avec Eurêskouit Scouit, l'inventeur le plus imprévisible de Sourisia !

TOUT A COMMENCÉ...

Tout a commencé par un projet de sortie au poil pour passer un dimanche relax. Hélas, notre programme a pris un tour qu'aucun de nous n'aurait pu imaginer… Mais reprenons les choses dans l'ordre : ma sœur Téa, mon cousin Traquenard, mon neveu Benjamin, ma petite cousine Traqueline et moi avions reçu une invitation privée. Eurêskouit, notre ami inventeur (et grand amateur de pistaches), proposait de nous faire visiter la nouvelle CITÉ DE LA SCIENCE de Sourisia. Quand notre groupe, à l'exception de Traquenard, se retrouva devant l'entrée du musée, nous découvrîmes sur sa porte une pancarte avec le mot : FERMÉ.

– *Rat alors ?!* m'étonnai-je.

Au même instant, une voix, derrière nous, claironna :

– *Par mille pistachettes*, pas de panique : le MUSÉE n'accueille personne... sauf vous !

Notre hôte nous salua en gloussant, puis expliqua :

– La Cité de la science sera inaugurée la semaine prochaine. Mais comme son directeur, c'est moi, j'ai eu envie de vous la faire visiter en avant-première ! Avec une surpris*tache* à la clé... **ZOU ZOU ZOU, ON Y VA !**

– Et Traquenard ? intervint Téa. Il ne répond pas au téléphone...

– D'accord, on l'attend, **grommela** Eurêskouit. Mais juste une *pista*seconde ! Entre-temps, je vais vous fournir quelques informations sur ce que vous allez voir !

D'une traite, il énuméra tous les formidables départements du musée :

il y a celui de biologie marine,
celui consacré à l'astronomie,
celui réservé aux inventions,
celui spécialisé dans les expériences,
celui qui étudie l'histoire des inventions...

Il parlait si **VITE** que je n'y comprenais croûte.
Scouiiit !
Puis il conclut :
– Voilà, c'est fini ! Et maintenant, entrons !
– D'accord, j'envoie un message à Traquenard pour qu'il puisse nous rejoindre, déclara Téa.
Nous suivîmes Eurêskouit à l'intérieur du musée, sans nous douter que nous vivions nos derniers instants... **À NOTRE TAILLE NORMALE !**

MICROTOP SECRET !

Eurêskouit nous accompagna à travers les premières salles de la Cité de la science, consacrées au monde marin. Il marchait et parlait à toute allure, que dis-je, à toute berzingue. *Pfff*... quelle PRÉCIPITATION !

– Pourrais-tu ralentir un peu ? dis-je en haletant.

Non seulement il ne m'entendit pas, mais il continua à chicoter à une VITESSE SUPERSONIQUE !

– Voici les tortues de la mer des Sa*rat*gasses, voilà les poulpes chatoyants de l'océan Ratique austral ! Ici, les raies mantas argentées, là, les mulets...

– Plus lentement, s'il te plaît ! insistai-je.

– Et les poissons tropicaux, et le bassin aux amphibiens, et les roches présentant des formations…

– Tu ne veux vraiment pas…

Mais je m'arrêtai net, puis m'écriai :

– PAR MILLE MIMOLETTES, UN COLOSSAL MONSTRE DES OCÉANS !!!

– Quelle idée ! Ce n'est qu'Armando, notre requin-baleine, répliqua **EURÊSKOUIT**. Un petit gars parfaitement pacifique !

– Tonton, on dirait qu'il te sourit… observa Benjamin. Je crois qu'il te trouve sympathique !

– *Bienbienbien*, abrégea le savant. Dis au revoir à Armando, Geroni*stache* ! Et tous dans mon laboratoire !

– Et notre visite privée ? m'étonnai-je.

– *Par mille petites graines vertes*, il *faut* que je vous montre ma nouvelle **INVENTION** ! Je n'y tiens plus ! C'est un truc érapatant, que dis-je, super érapatant, ou plutôt micro-érapatant !

Téa, les enfants et moi échangeâmes un regard perplexe. Que voulait-il dire ? Bon… il ne nous restait qu'à le suivre !

C'est ainsi que nous descendîmes au **SOUS-SOL**, dans une pièce remplie de machines et objets divers.

– Désolé pour ce *pista*bazar, je suis un peu désordonné, commença Eurêskouit. Dites, voulez-vous être les tout **premiers** rongeurs à tenter une expérience inédite ?

– Sûrement pas ! répliquai-je. Je ne suis pas venu pour jouer les courageux, mais simplement pour visiter le musée !

Ma sœur et les souriceaux, eux, s'écrièrent en chœur :

– Ouiiiiiiiiiiiiiiiiiiiiiiiiii !

– Bien ! Très bien même ! se réjouit Eurêskouit. Voilà l'état d'esprit qui sied aux amoureux de la SCIENCE !

Le savant se dirigea vers un coin de la pièce dissimulé par un rideau rouge, pressa le bouton d'une mini-télécommande, et une voix annonça :

– *As-tu jamais rêvé d'être une* MOUCHE *pour tout voir sans être vu ? Ou d'entrer dans une montre pour observer son fonctionnement de l'intérieur ? Ou de te promener au milieu des* fourmis *? Eh bien, à partir d'aujourd'hui, c'est possible grâce au* MicroRat *!*

À cet instant, écartant le rideau, Eurêskouit dévoila un curieux instrument.

– Qu'est-ce que c'est ? demanda Téa.

– La plus rabuleuse des inventions après la glace à la pistache !!! répondit notre ami. Cet appareil émet un RAYON capable de rendre 10 000 fois plus petit n'importe quoi… rongeurs inclus !

– Waouh ! s'émerveillèrent Ben et Traqueline.

– Mais bouche cousue, hein ! nous recommanda notre hôte, d'un ton sérieux. C'est un projet top secret !

Puis il ajouta :

– Voire **microTOP SECRET** ! Hou hou hou !

Nom d'une souricière, ma famille et moi en étions bouche bée !

– Alors, prêts à être **RATRÉCIS** ?

J'espérais avoir mal compris… car si l'objectif d'Eurêskouit était vraiment de nous réduire à la taille d'une fourmi avec ce *je-ne-sais-quoi* cracheur de rayons, c'était carrément…

– Fantasouristique ! exulta Téa.

– Voire microFANTASOURISTIQUE ! couinèrent les souriceaux comme un seul rat.

Oh non ! Voilà qui annonçait une marée… de microennuis !

ANÉANTI OU PRESQUE...

Eurêskouit poursuivit la présentation de son incroyable projet :

– J'ai mis au point un VAISSEAU super résistant, compatible avec tous les environnements, dont les fonds sous-marins.

– Érapatant ! Donc, une fois que nous aurons rapetissé, nous pourrons entrer dans certains bassins du musée, se réjouit Téa.

– Exact ! confirma l'inventeur. Nous commencerons par explorer ceux des poulpes chatoyants.

J'allais protester, quand, sans prévenir, le MicroRat se mit à vibrer très fort.

RRRRRRRRRRRRRRRRRRRR!

Perplexe, notre ami se gratta la tête.
– *Ouuups!* J'ai dû faire une fausse manœuvre : le compte à *pista*rebours est amorcé… L'émetteur de rayons va entrer **EN ACTION**…
– En action? Comment ça?! demandai-je en sursautant. Que va-t-il se passer?
– Tous à bord, vite! lança ma sœur. Courage, Ger! Tu n'es pas impatient?
Impatient? loin de là!
Je me sentais prêt à m'évanouir!!!

En un clin d'œil, nous fûmes à l'intérieur du vaisseau.
J'étais PÂLE comme une mozzarella et si terrifié que mes moustaches palpitaient à tout-va.
– Eurêskouit... chicotai-je dans un filet de voix. Tu es sûr que nous n'allons pas finir en bouill...
Un énorme grondement se fit entendre, qui m'arrêta net, et un éclair de lumière nous aveugla.

Puis le silence revint.

Par mille mimolettes, qu'était-il arrivé ?
Mystère ! Mais la bonne nouvelle était que nous étions encore entiers !
– Génial ! jubilai-je. La machine n'a pas fonctionné ! Elle ne nous a pas réduits en HACHIS DE SOURIS !
– Geroni*sot*, toujours le même ballot ! soupira Traqueline. Elle a marché, et pas qu'un peu ! Regarde !
Je me penchai vers le hublot : le LABORATOIRE avait disparu au profit d'une forêt toute rouge...

– Où sommes-nous ? m’enquis-je en avalant ma salive.

– À première vue… par terre ! répondit ma sœur. Ces troncs rouges doivent être les fibres de la moquette.

Traqueline détacha sa ceinture de sécurité et se mit à scander :

– Trop fortes, trop hardies ! Vive les microsouris !

Pas de doute : nous étions petits, tout petits, microscopiques !

Nous n'étions plus que des mini-Stilton !
– Regardez ! dit Traqueline en désignant le Micro-Rat. Il y a une minute encore, je pouvais le tenir d'une patte...
– Et maintenant, on dirait un gratte-ciel ! termina Ben.
– You-houuuuu ! exulta Eurêskouit.
Et il battit des pattes.
– IL A MAR-CHÉ ! Ma machine a MAR-CHÉ ! Youpiiiiii !!!
Je ne voulais pas gâcher la joie de mes amis, mais, comme je l'ai déjà dit, cette situation me paraissait si inquiétante que mes moustaches en étaient tout électrisées ! Le vaisseau avait été réduit à la taille d'une puce et nous, nous étions minusculissimes !
– *Ehm...* passionnante expérience, cher Eurêskouit, mais maintenant pourrions-nous retrouver notre taille normale ? tentai-je.
– D'accord, acquiesça-t-il. Voyons, procédure d'AGRANDISSEMENT, voilà... Sauf erreur... *Euh...*

Au même instant, la porte du laboratoire s’ouvrit.

– C’est peut-être tonton Traq’ ! se réjouit Traqueline. Allez, ratrécissons-le, lui aussi !

Deux énormes **PATTES** – non, quatre ! – s’avancèrent !

Elles étaient vêtues d'élégants pantalons et appartenaient non pas à mon cousin, mais à deux intrus !

Eurêskouit manœuvra une manette du tableau de commandes et le vaisseau décolla.

– Qui sont ces deux zigo*staches* ? lâcha-t-il. Personne n'a le droit de pénétrer dans mon laboratoire !

– Et s'ils nous prennent pour un moustique et qu'ils nous écrasent ? m'affolai-je.

Mais l'inventeur ne m'écouta pas : il positionna le vaisseau près du museau des inconnus, baissa sa vitre et brailla :

– Hé, vous deux ? Qu'est-ce que vous voulez ? Sans autorisation, interdit d'entrer !

Les deux rongeurs ne **réagirent** pas.

– *Par mille pistachettes,* mais bien sûr ! s'esclaffa Eurêskouit. Nous sommes bien trop petits pour qu'ils nous entendent.

– On dirait qu'ils cherchent quelque chose... souligna Téa.

De fait, tous deux tournaient autour des inventions d'Eurêskouit d'un air perplexe. Ils pressèrent plusieurs boutons de la machine à CARAMELS MOUS et… se retrouvèrent englués dans une boule de sucre ! Ils tirèrent le levier du Congélateur instantané… et se SURGELÈRENT les moustaches ! Enfin, ils arrivèrent devant le MicroRat et hochèrent la tête. L'un d'eux le hissa sur son épaule et ils filèrent à pas de rat !

TRAQUENARD, AIDE-NOUS !

– Nooon ! hurla Eurêskouit. Ces *fripistouilles* ont **volé** mon invention !

– Nous devons les arrêter ! assura Téa.

Secouant la tête, je répondis :

– Je veux bien, mais comment ? Nous sommes minuscules !

– Ohééé ! brama une voix. Y a quelqu'un ?

À nouveau la porte s'ouvrit, cette fois sur…

– TRAQUENARD !

Mon cousin entra à son tour dans le laboratoire.

– Téa ! Geronimo ! appela-t-il. Mon portable était en mode « sieste », j'ai lu votre message il y a une minute seulement. Où êtes-vous ?

– Nous devons lui demander de l'AIDE : lui seul peut rattraper les malfaiteurs ! déclara ma sœur très justement.

– Je vais essayer d'attirer son attention, annonça Eurêskouit.

Il conduisit le VAISSEAU jusqu'au museau de mon cousin, l'arrêta au-dessus de l'une de ses moustaches, mais rien.

Nous hurlâmes comme un seul rat « TRAQUENAAARD ! », mais toujours rien !

Nous bourdonnâmes devant ses yeux, mais, d'un coup de patte, il nous chassa, comme si nous n'étions qu'un insecte enquiquinant ! *Argh !*

– *Par dix mille fruits à coque,* **REPLI** stratégique ou nous allons finir en hachis de rongeur ! cria l'inventeur en dirigeant son engin vers une étagère éloignée.

Moyennant quelques minutieuses manœuvres, nous nous posâmes au beau milieu d'un bol plein d'énormes, gigantesques, monumentaux... biscuits au chocolat !

– *Miam !* fit Traqueline. Comme ils sont gros… Pour en manger un, il me faudrait toute une semaine !

– Restons concentrés ! nous recommanda Téa. Pour récupérer l'émetteur de rayons, nous devons parler à Traquenard.

Tout à coup, une terrible secousse nous fit ballotter de droite à gauche, de haut en bas, d'avant en arrière !

– Au secouuuuurs ! hurlai-je, cramponné à mon siège.

– Oh non ! gémit Traqueline. Où va-t-on ?

Une ombre immense nous enveloppa, puis... **tout devint noir !**

PLONGÉE DANS LE NOIR !

– Hé, qui a éteint la lumière ? couina Traqueline.

– On n'y voit croûte ! confirma Benjamin.

Raperlotte, les enfants avaient raison ! Tout était noir et le vaisseau continuait à être secoué dans tous les sens. Quelle frousse féline !

– J'ai une idée ! annonça Eurêskouit.

Il s'affaira sur le tableau de commandes…

CLIC ! CLIC ! CLIC ! CLIC !

et les phares du vaisseau projetèrent autour d'eux une lumière puissante, qui nous dévoila une réalité des plus effrayantes !

– Je préférais presque l'obscurité… murmurai-je.

Je tremblais de la pointe des moustaches à celle de la queue. Nous nous trouvions dans une caverne rouge feu hérissée de stalactites et de stalagmites. Et celles-ci montaient et descendaient pour broyer une abominable bouillie, qui, au fur et à mesure, tombait dans un GOUFFRE noir !

Par mille munsters, où étions-nous ? Et surtout où allions-nous finir…

… VU QUE NOUS GLISSIONS VERS LE TROUUUUU !

– À l'aiiiiide ! bredouillai-je en claquant des dents.

– Pas de panique ! s'exclama ma sœur, qui bondit aux commandes.

Elle pressa plusieurs boutons et du toit du vaisseau jaillit un lasso, qui s'entortilla autour d'une pierre dépassant de la voûte. Puis…

PLOP! PLOP!

celui-ci nous arracha à la bouillie dans laquelle nous étions pris.

– Bien joué, chère Téa ! la félicita Eurêskouit. Tu es la reine du LASSO OCÉANIQUE ! Nous voilà tirés d'affaire !

– *Tirés d'affaire* ? À d'autres ! m'étranglai-je.

Les moustaches tournant comme des hélices, je regardai à travers les hublots, avant de soupirer :

– Cette grotte me donne la chair de poule…

– Bah, ç'aurait pu être pire, répliqua Traqueline. On aurait pu finir **DÉVORÉS** par une grosse bête hyper affamée !

– En fait… intervint Eurêskouit, on n'en est pas loin !

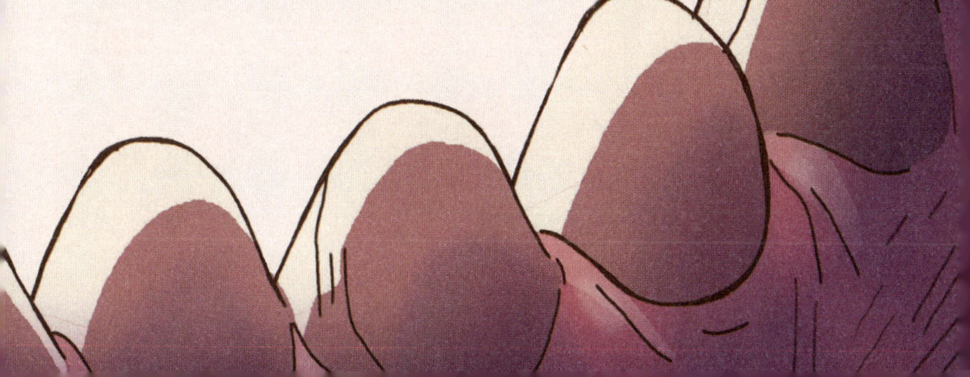

Salive
Vive les liquides !

Mon passe-temps préféré ? Me cacher entre les dents !
Tartre
C'est trop, je craque !
Morceau de biscuit

* Pour en savoir plus, reporte-toi à la page 120 !

Nous le dévisageâmes sans comprendre. L'inventeur augmenta la puissance des phares et pointa le doigt par le hublot.

– Vous voyez ces formations rocheuses qui montent et qui descendent ? Ce ne sont pas des stalagmites et des stalactites, mais… des dents ! Et la bouillie dans laquelle nous étions enlisés… désolé de devoir vous le dire… mais c'est le contenu d'un bol de biscuits qui, une fois grignoté, s'est mélangé à de la salive* ! Ah, et le rocher auquel nous sommes suspendus est une molaire couverte de tartre* !

Nous le fixions, muets de surprise.

– Eh oui, les amis ! Nous sommes dans la gueule d'un **BESTIAU** affamé… que nous connaissons bien…

– J'ai compris ! s'exclama Benjamin.

– Moi aussi ! s'écria Traqueline. Devine qui c'est, Geroni*mounet* ! Fastoche !

– Je sèche… répondis-je timidement.

D'une seule voix, les enfants crièrent :

TRAQUENARD !

QUOI ?! Comment était-ce possible ?! J'avais quitté mon chez-moi pour une sortie pépère et voilà que je me retrouvais **RATRÉCI** dans la bouche de… mon cousin ?!

EXPÉDITION DE SECOURS

– *Par mille pistachettes*, vous rendez-vous compte ? s'exclama Eurêskouit. C'est l'occasion UNIQUE d'étudier tous les *pista*détails de la **bouche** d'un rongeur depuis le plus commode des endroits : son intérieur !

– *Commode*, tu veux rire ?! rétorquai-je. Et si Traquenard nous avalait ? *Gloups !*

– Tu as raison, Ger, intervint Téa. Le lasso océanique ne tiendra pas longtemps : nous devons partir ! Mais ce n'est pas possible maintenant : si Traquenard continue à **MANGER**, nous risquons de finir droit dans son estomac.

Je devins pâle comme une mozzarella : je ne voulais à aucun prix devenir l'en-cas de milieu de matinée de mon cousin !

– Si nous arrivons à communiquer avec lui, nous pourrons tout lui expliquer, fit valoir Benjamin.

– Tâchons d'élaborer un plan ! proposa Traqueline.

– Moi, j'en ai un *pista*parfait ! affirma notre ami inventeur. Nous voulons que Traquenard nous écoute ? Qu'est-ce qui permet d'ENTENDRE ?

– Les **oreilles** ! répondit Benjamin.
– Gagné ! C'est dans l'une d'elles que nous allons nous rendre, Geronimo et moi.
– Quoi ?! protestai-je. Hors de question !
Être prisonnier de la **bouche** de Traquenard n'était déjà pas réjouissant, mais au moins le vaisseau me protégeait ! La seule idée d'en sortir me donnait les chocottes !
– Allons, Geroni*stache* ! Atteindre l'oreille sera une promenade de santé… grâce à mes ScouitoPack !

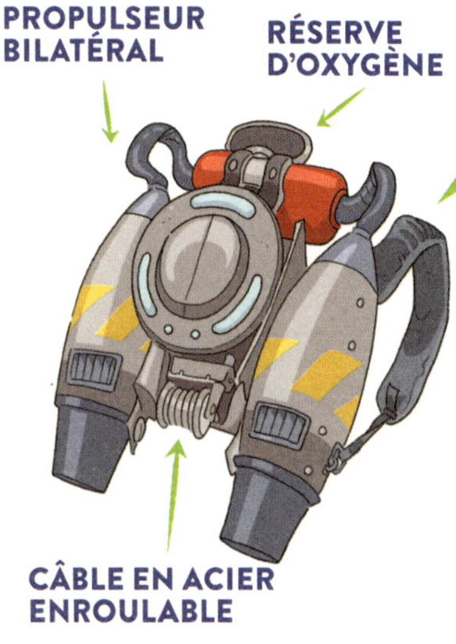

ScouitoPack
Harnais avec propulseurs en fibre de carbone et aluminium permettant de franchir des distances astronomiques en un temps record !

Finalement je posai sur mes épaules l'un de ces drôles d'engins et me coiffai d'une LAMPE frontale.

– Si jamais vous êtes en difficulté, comment peut-on vous retrouver ? s'enquit Téa.

– FASTACHE ! répliqua Eurêskouit. Nous resterons en contact au moyen de ces émetteurs-récepteurs sous-marins !

Il distribua à chacun de nous l'un de ces BIDULES apparemment hyper technologiques, puis déverrouilla la porte et me demanda :

– Fin prêt, Geronimo ?

– Franchement, je…

Humpf… rien qu'à la pensée de voyager dans le corps de Traquenard, un frisson me parcourut de la pointe des moustaches à celle de la queue !

Talkies-walkies incassables (ou presque !), convenant à une utilisation dans des milieux aussi extrêmes que surprenants !

Mais nous n'avions pas le choix : nous devions à tout prix trouver le moyen de parler à mon COUSIN. Objectif ? Lui demander de poser le bol de biscuits et de nous recracher…

TOUT DE SUITE !

À PLEIN VOLUME !

Eurêskouit poussa la porte du vaisseau, activa son ScouitoPack et…

FIOUUUUUUUUUMMMMM !

se mit à voleter de-ci, de-là.

– Ben alors, Geroni*glagla* ? me pressa Traqueline. Vas-y, lance-toi !

– C'est que… j'ai un peu peur…

– LANCE-TOI, tonton Ger, avant qu'on finisse comme ça ! insista-t-elle.

Je regardai en bas : les bouchées de biscuit sombraient dans le TROU NOIR situé au fond de la bouche de Traquenard. *Ratastrophe*, Traqueline avait raison : je devais me bouger, et vite !

M'armant de courage, je comptai jusqu'à trois, pris une grande inspiration et...

... me lançai !

– Ouaiiis ! Bravo, Geronimo ! jubila Eurêskouit. Ces ScouitoPack sont vraiment *pista*tordants, tu ne trouves pas !?

Pfff, moi, ils ne me faisaient pas rire du tout !

Quand j'essayais de voler vers le haut... je partais sur le côté !

Quand je voulais me redresser... je roulais sur moi-même !

Quand je tentais de ralentir... je partais en trombe sans pouvoir contrôler mes mouvements !

– Ce n'est qu'une question d'entraînement, m'assura mon ami. Pour l'instant, ACCROCHE-TOI à moi !

Ce que je fis et, ensemble, nous nous engouffrâmes dans un tunnel rose bonbon.

– Si j'en crois mon GPS*, nous devons tourner ici ! dit soudain le savant.

Après un VIRAGE serré pris à toute berzingue, nous fonçâmes comme des fusées à travers une galerie très ÉTROITE.

Eurêskouit consulta de nouveau son GPS, puis m'annonça :

– Ça y est : oreille en vue !

* *Sorte de boussole satellitaire qui permet de s'orienter, à partir d'un signal transmis par des ondes radio.*

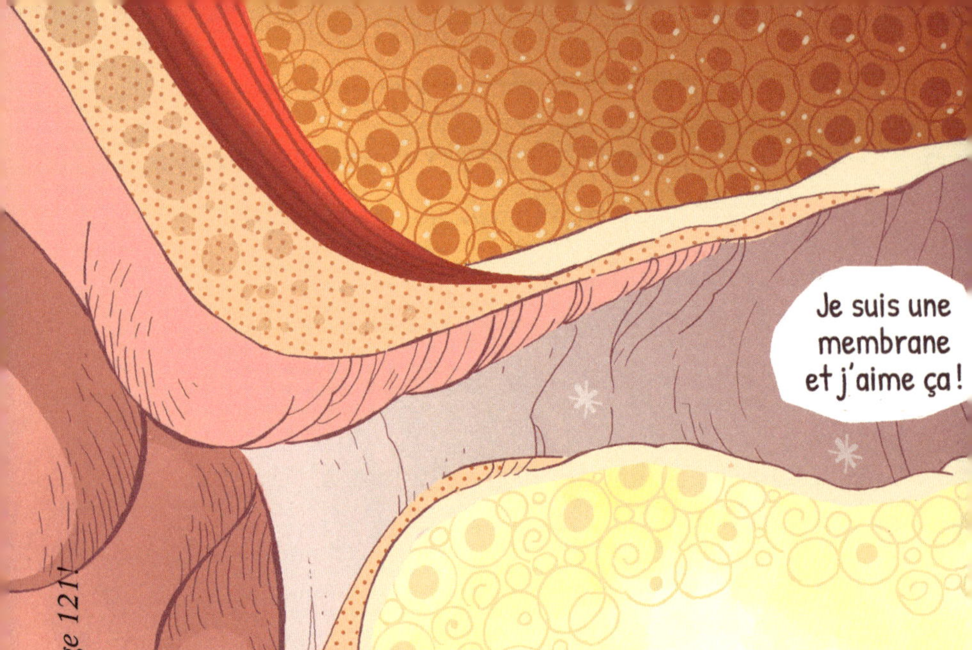

Quelques secondes plus tard, nous nous posâmes dans ce qui ressemblait à un immense salon.

– Voici le **TYMPAN*** ! m'expliqua l'inventeur.

Tandis que je regardais dans la direction indiquée… un bruit attira mon attention.

* Pour en savoir plus, reporte-toi à la page 121 !

Il provenait de trois osselets frappant l'un contre l'autre.

– Et là, ce sont le **MARTEAU**, l'**ENCLUME** et l'**ÉTRIER*** ! poursuivit Eurêskouit.

– Fantastique, mais… plus vite on repartira, mieux je me porterai ! répliquai-je. Essayons de parler à Traquenard !

Frousse à part, le son produit par les trois os me plaisait bien : on aurait dit les premières notes d'un rap !

* Pour en savoir plus, reporte-toi à la page 121 !

Mais pas question de me laisser distraire : je devais me faire entendre de mon cousin !
J'ouvris la bouche pour hurler, mais… un abominable TINTAMARRE à base de guitare électrique (rien à voir avec du rap !) résonna autour de nous.

– J'AI PERDU MON COMTÉÉÉ !
QUI M'A PRIS MON COMTÉÉÉ ?
RENDS-MOI VITE MON COMTÉÉÉ,
ET J' T'EN LAISSERAI UNE BOUCHÉÉE !

– Oh noon ! me désolai-je. Ce doivent être les Fouette la Tripe, le groupe préféré de Traquenard !
Eurêskouit boucha ses oreilles et hurla :
– Il a dû mettre ses écouteurs ! Dans ce boucan, impossible de lui parler !
Les VIBRATIONS qui se propageaient à travers l'oreille de mon cousin nous faisaient trembler comme des flans au chabichou !
Mon ami m'attrapa par la patte et m'entraîna à sa suite en s'exclamant :

– **MISSION RATÉE!** On passe au plan B !
– Mais… mais… on n'a *pas* de plan B ! objectai-je.
– Parle pour toi, Geronimo ! gloussa Eurêskouit. Moi, j'ai une *pistachette* d'idée…

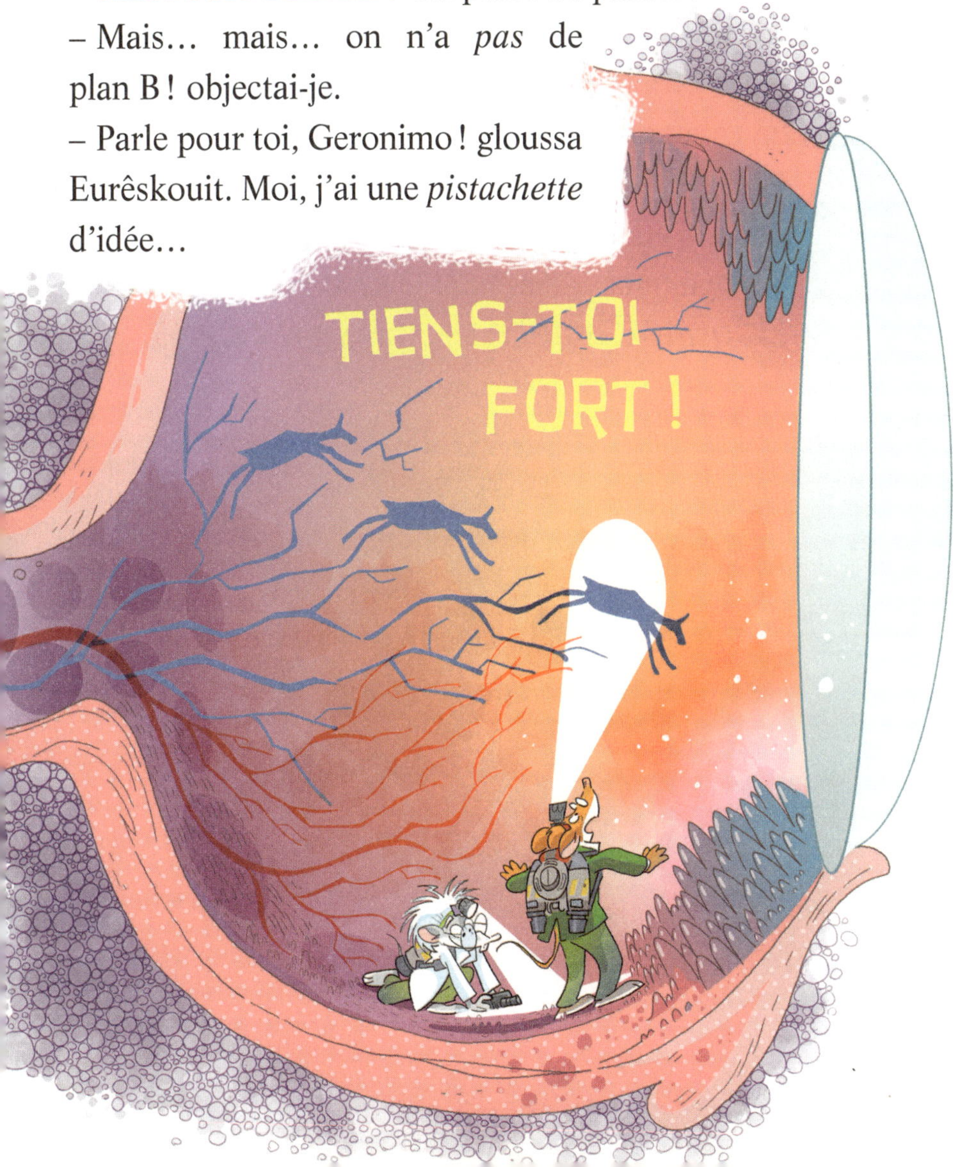

Aussitôt, il tourna le dos aux osselets et s'éloigna en slalomant à une vitesse supersonique ! Passages étroits, cavernes, galeries, enchevêtrements de conduits et de fibres : on se serait cru dans un LABYRINTHE ! Quand enfin nous nous arrêtâmes, j'étais vidé claqué ! *Scouiiit !*

– Magnifique ! s'exclama le savant. Je branche une ScouitoCaméra ici et… le tour est joué !

Je n'y comprenais croûte…

– Où sommes-nous ? Et que fabriques-tu ?

Eurêskouit raccorda un drôle d'engin à un TUBE, puis me répondit :

– Fais-moi confiance ! Nous n'avons pas pu parler à Traquenard, mais, grâce à ce système, nous allons voir ce qu'il voit… de ses propres yeux !

UN GRIGNOTAGE QUI N'EN FINIT PAS...

Nous regagnâmes le vaisseau, où Téa, Ben et Traqueline nous attendaient avec impatience.

– Mission accomplie ? nous demanda Téa. Vous avez réussi à communiquer avec Traquenard ?

– Négatif ! répondit Eurêskouit. Mais nous avons trouvé une autre solution…

Ce disant, il alluma l'ÉCRAN CENTRAL, sur lequel apparut ce que voyait mon cousin !

– Eh, mais ce sont les couloirs de la Cité de la science ! commenta Benjamin, tout étonné.

– Oui, tels qu'ils se présentent aux yeux de Traquenard ! expliqua le savant. J'ai branché une microcaméra au NERF OPTIQUE* de son œil gauche,

*Pour en savoir plus, reporte-toi à la page 121 !

qui nous permet de voir ce qu'il voit et de savoir ce qu'il fait. Là, par exemple, on dirait bien qu'il va…
– … manger ! s'exclama Traqueline.
Pas de **DOUTE** : mon cousin venait de sortir du musée et marchait, d'un pas vif, vers la fameuse pizzeria de Thomas Tseuriz.

Que faire ?!

– Oh nooon… couinai-je, terrorisé. Nous allons finir ENSALIVÉS, cric-croqués, **digérés !**

– Et si j'essayais à mon tour de lui parler depuis son oreille ? proposa Téa en saisissant un ScouitoPack. Vous et moi resterons en contact radio, comme ça, en cas d'urgence, vous pourrez m'aider à regagner le vaisseau !

Pendant que ma sœur se préparait, je cherchai mon talkie-walkie, sans le trouver… Où était-il passé ?

– *Euh…* quelqu'un a vu mon émetteur-récepteur ? Je… j'ai dû le per…

– Geroni*mounet*, toujours le même boulet ! soupira Traqueline.

– Si je me branche sur ton canal, nous saurons peut-être où tu l'as laissé, déclara Eurêskouit.

Ce qu'il fit et…

BOUM, DOÏNG, BADAM !

De son talkie-walkie s'échappa un bruit fracassant de grosse caisse et de cymbales, suivi d'une voix rauque, pour ne pas dire caverneuse qui beuglait :

– LE FRIAND AU BRIE EST PRÊ-ÊT !
LE FRIAND AU BRIE EST PRÊ-ÊT !
VITE DANS TON ASSIE-ETTE !
ET HOP LÀ C'EST LA FÊ-ÊTE !

– Encore les Fouette la Tripe… me lamentai-je.

– Hou hou hou ! Mystère résolu, Geroni*stache* : ton appareil a dû tomber dans l'oreille de Traquenard, vu…

– … qu'on entend ce qu'il entend ! compléta Benjamin.

La MUSIQUE s'arrêta d'un coup, remplacée par la voix de mon cousin, qui disait :

– Où peuvent-ils bien être ? On devait se retrouver à la Cité de la science… *Bah*, en attendant, à moi ce morceau de PIZZA aux huit fromages !

– Nourriture à l'approche ! prévint Traqueline. Ce

n'est pas le moment de sortir du vaisseau, Téa ! Mieux vaut trouver une autre solution.

– *Ouiin*… je n'en vois aucune, pleurnichai-je, nous allons finir déchiquetés, engloutis, *embidonnés* !

– Pas si vite ! répliqua ma sœur. Écoutez-moi, les amis :

si nous pouvons entendre Traquenard…
peut-être lui aussi peut-il nous entendre !

Essayons de lui parler à travers le talkie-walkie !

Par mille mimolettes, Téa avait raison ! Nous avions encore une chance d'y arriver, autrement dit… de nous en sortir !

CHUTE LIBRE !

Au même instant, Traquenard, plus **affamé** qu'un hippopotame au petit déjeuner, ouvrit grand la bouche (*à l'aiiide !*).
Il planta ses grosses dents

dans sa tranche de pizza, en mastiqua une énorme bouchée (*sauve qui peut !*) et celle-ci bascula vers nous (*aaargh !*) sous la forme d'un **MAXI-BOL** alimentaire de tomate, mozzarella, olives et champignons !

– Tous à vos postes ! nous lança Téa. Attachez vos ceintures !

Après quoi… *Crac!* le LASSO OCÉANIQUE attaché à l'une des molaires de mon cousin céda… et nous dégringolâmes vers le bas du bas du bas du bas du bas du bas de son œsophage…

– On tombe droit dans l'estomac ! hurla Eurêskouit. Mais pas de panique, la commande permettant d'interrompre notre CHUTE LIBRE est ici… ou là… enfin, quelque part !

Téa scruta le tableau de bord, puis souffla :

– Ça passe ou ça casse…

Ce disant, elle pressa un bouton au hasard et… je reçus un jet d'eau glaciale !

Eurêskouit secoua la tête.

– Ça, c'est L'ANTI-INCENDIE !

Téa insista.

– Alors celui-ci !

Elle appuya sur un deuxième bouton, et je me pris une VOLÉE de confettis !

– Non plus ! Ça, c'est pour les fêtes d'anniversaire surprise !

– Troisième essai ! s'obstina ma sœur en pressant un nouveau bouton.

Enfin, le vaisseau s'immobilisa.

– Bien joué, tu as activé les VENTOUSES ! s'extasia Eurêskouit. Nous sommes sauvés… pour le moment !

Grâce à ce dispositif d'urgence, nous nous retrouvions accrochés à une paroi rose, au-dessus d'un lac aux couleurs éclatantes.

– Comme c'est beau ! commenta Traqueline en regardant vers le bas.

Vise, frangin, je sais nager sur le dos !

– Oui, hi hi ! glousse Eurêskouit. Mais si nous étions tombés dedans, nous serions dans de *beaux*… draps !

– Hein, ton VAISSEAU n'est pas à toute épreuve ? m'étonnai-je.

– Il peut résister aux courants sous-marins, à l'assaut d'un calamar géant, mais pas à une immersion dans les sucs gastriques que produit l'estomac !

Par mille mini-fromages affinés, je commençais à me sentir dépassé par les ÉVÉNEMENTS ! Eh oui, je suis un gars, *ou plutôt un rat*, assez froussard… *Scouiiit !*

Soudain, mes yeux se posèrent sur l'écran et je criai :

– Arrête, Traquenard ! Stooop !!!

Mais il ne pouvait pas m'entendre, bien sûr. Je pris le talkie-walkie de Benjamin, le réglai sur mon canal et couinai à pleins poumons :

– G-E-R-O-N-I-M-O appelle T-R-A-Q-U-E-N-A-R-D ! Cousin, ne fais pas ça ! Je répète : cousin, ne fais pas ça ! Surtout pas ! Ne **mange** plus de pizzaaa !

Pour toute réponse, Traquenard hurla de peur (*aaah !*), faillit avaler de travers (*cof… sprt… gulp !*), puis bredouilla (*euh…*) :

– Depuis quand les pizzas causent-elles ?

– Ce n'est pas ta **PIZZA**, c'est moi, Geronimo !

– Quoiii ?! Mais où es-tu ? s'affola mon cousin en se baissant pour regarder sous sa table.

Puis il ajouta :

– Trêve de bêtises, truffe de tomme ! Sors de ta cachette !

Ce à quoi je répondis :

– Je ne blague pas ! Je suis dans ton ventre avec Eurêskouit, Téa, Ben et Traqueline !

Eurêskouit nous a ratrécis, enfin nous a fait rapetisser au moyen de sa dernière invention, et toi, tu nous as avalés en même temps que les biscuits ! Résultat : nous sommes coincés ! Autre problème : l'émetteur de RAYONS a été volé et…

– … le temps dont nous disposons pour le récupérer est très réduit, intervint Eurêskouit. Faute de quoi, nous resterons microscopiques pour toujours !

– *Dequoidequoidequoi ?* m'alarmai-je. Ça, tu ne nous l'avais pas dit !

– Le MicroRat n'en est qu'au stade expérimental, se justifia-t-il. À chaque ratrécissement, un COMPTE À REBOURS d'une heure et demie se déclenche.

Il pointa le doigt vers un mini-minuteur à un coin du tableau de bord.

Ratédiction, quelle épouvantable nouvelle ! Il ne nous restait que cinquante minutes pour nous sauver !

– Geroni*monstre,* je n'aime pas du tout l'idée que tu sois dans mon ventre, et encore moins celle que tu puisses y rester définitivement ! gémit Traquenard.

S'emparant de l'émetteur-récepteur, Traqueline lui répondit :

– Tonton Traq', toi seul peux nous aider !

– Évidemment que je vais vous AIDER ! Laissez-moi faire !

Ouf et re-ouf, mon cousin est bourré de défauts, mais il a un coeur d'or !

Il se rua hors de la pizzeria, puis, au bout de deux secondes, s'arrêta.

– *Euh...* juste une question, demanda-t-il, je fais comment pour vous sauver ?

– Retourne au laboratoire et essaie de comprendre qui a volé l'appareil, lui dit Téa. Puis nous imaginerons une solution pour retrouver notre taille normale !

EN EXPLORATION !

– Bon, en attendant que Traquenard trouve le MicroRat, on n'a qu'à rester tranquillement ici, proposai-je aux autres. Hé, qu'est-ce que vous faites ?

Mes compagnons s'étaient équipés des Scouito-Pack et s'apprêtaient à SORTIR.

– Mais enfin… où comptez-vous aller ? leur demandai-je d'une toute petite voix.

– En exploration ! me répondit Eurêskouit.

Pas question de rater l'occasion de faire un voyage au cœur de la science !

Hein, vraiment ?!

– Moi, je dirais plutôt « au cœur de la **PANSE** » !

ironisa Traqueline. Tu vas voir, microtonton, ce sera comme de visiter un immense PARC D'ATTRACTIONS !

Minute, comment m'avait-elle appelé ? Microtonton ? Avant même que j'aie eu le temps de protester, mes compagnons ouvrirent la porte du vaisseau et s'élancèrent hardiment à l'extérieur !

Par mille mimolettes, l'idée de rester seul me fichait une FROUSSE à me faire vriller les moustaches ! Prenant mon courage à deux pattes, je les suivis.

Mais, bien sûr, mon Scouito-Pack refusait de coopérer ! Pendant que les autres admiraient le paysage, moi, sans le vouloir, je faisais pirouette sur pirouette sur pirouette sur pirouette !

– Érapatant ! s'exclama Ben.

– On se croirait dans un monde féerique ! renchérit Traqueline.

– MAGIQUE ! **INCROYABLE !** PISTA-GÉANT ! débitait Eurêskouit.

Soudain, ma sœur s'écria d'un ton grave :

– *Raperlotte*, qu'est-ce que c'est ?

Une gigantesque vague s'apprêtait à déferler sur nous ! *Glouuups !*

– Tous aux abris ! cria Traqueline.

Vifs comme l'éclair, mes compagnons regagnèrent le vaisseau, pendant que moi, je continuais à ROULER maladroitement sur moi-même en moulinant des pattes.

Aaargh, ce raz de marée surpuissant allait m'emporter… quand Téa, qui avait pris les commandes, lança le lasso océanique : celui-ci s'enroula autour de ma queue, et me **sauva** juste à temps !

De retour à bord, je bredouillai :

– C'é… c'é… c'était quoi ?

Gaffe !

Je suis frit !
Ce courant, c'est la fête !

– Traquenard doit être en train de boire, me répondit Eurêskouit. Nous devons **FILER**, sans quoi sa prochaine gorgée nous frappera de plein fouet !

– D'accord, mais où aller ? s'enquit Téa.

– Approchons-nous de la paroi de l'estomac : nous sommes assez petits pour la traverser ! proposa le savant. De là, nous entrerons dans un capillaire, autrement dit dans le système sanguin.

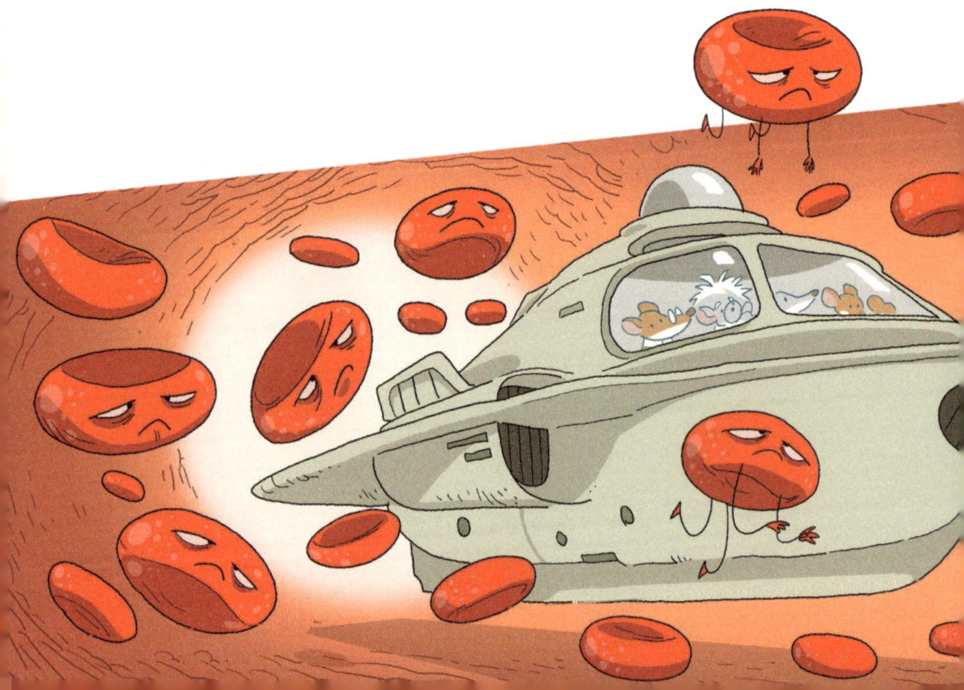

– Oh non, soupira Traqueline. Une nouvelle chute d'eau !
– On est fichus ! pleurnichai-je.
– Pas encore ! répliqua ma sœur. Accrochez-vous !
Juste avant que le courant ne nous emporte, elle appuya sur l'accélérateur. Nous traversâmes la paroi et nous retrouvâmes dans un tunnel étroit rempli de drôles de créatures à l'air endormi.

Pour en savoir plus, reporte-toi à la page 122 !

En plus d'être écarlates, elles étaient rondes et aplaties comme des mini-fougasses !

Eurêskouit s'écria, au comble de la joie :

– Des GLOBULES ROUGES* ! Nous sommes bien dans un capillaire ! Opération réussie, les amis !

Je poussai un soupir de soulagement. Sur l'écran apparaissaient les grosses PATTES de Traquenard serrant un verre vide.

J'attrapai le talkie-walkie et, tremblant de peur, hurlai à mon cousin :

– Comment peux-tu penser à boire alors que nous sommes dans ton estomac ?!

Traquenard sursauta.

– *Oups... euh...* je n'y avais pas pensé ! *Boh*, pas de quoi en faire un fromage. Maintenant, arrête de me distraire, j'inspecte le LABORATOIRE !

J'allais lui remettre les idées en place, quand Benjamin me tira par la manche.

– Regarde, tonton G ! Il neige !

Je m'approchai des hublots. *Rat alors*, Benjamin avait raison ! Tout autour de nous tombaient

un tas,
une flopée,
une multitude

DE FLOCONS
BLANCS !

GNIC GNIC GNIC !

Nous collâmes tous nos museaux aux hublots.
– Ce ne sont pas des flocons de neige, rectifia Traqueline.
Les petites boules blanches s'étaient mises à rebondir et, en les regardant de près, on voyait qu'il s'agissait de petits êtres au regard vif !
– Trop mignons ! s'exclama la souricette. Allons faire ami-ami avec eux !
En un frémissement de moustaches, mes compagnons sortirent du vaisseau, et moi à leur suite. Eh oui, ces minuscules *bidules* étaient craquants !
Benjamin se pencha pour en caresser un, qui pépia :

– Piii... Piii... Piii... Piii... Piii... Piii !

Tout attendrie, Traqueline me demanda :

– On peut le ramener à la maison, tonton chéri ? Steplaitsteplaitsteplait !

– Ce serait génial ! renchérit Ben. On pourrait l'appeler Floconou !

– Mauvaise idée, répondis-je. Il a l'air sociable, mais s'il était dangereux ?!

– Toujours le même rabat-joie ! grommela Traqueline. Quel mal Floconou pourrait-il te faire ? D'autant qu'il t'aime déjà !

De fait, le cher POMPON ne me lâchait plus !

D'abord, il me sauta dans les pattes (*que me veut-il ?*), puis il grimpa sur mon épaule (*descends de là !*).

Après quoi, il s'enfouit dans mon cou et me renifla de la

pointe des moustaches à celle de la queue (*snif snif snif!*).

– Hi hi hi hi ! gloussai-je. ARRÊTE donc, tu me chatouilles !

D'une pirouette, je m'en débarrassai. Floconou heurta la paroi du capillaire, qui le renvoya par terre.

– Oh, pardon ! dis-je en me penchant vers lui. Ça va ? Tu ne t'es pas fait mal, pitchounet ?

Floconou ouvrit grand ses yeux, qui exprimaient… une grosse, très très grosse, immense colère, et planta ses quenottes ACÉRÉES dans ma queue !

Je hurlai de douleur :

– Aïaïaïaïaïe ! Mais, il m'a mordu !

Aussitôt, tous les autres pompons se lancèrent à nos trousses !

– **PAR MILLE PISTACHETTES**, ils veulent nous transformer en chair à pâté ! s'alarma Eurêskouit. Filons vite !

Nous fonçâmes vers le vaisseau, ouvrîmes sa porte et nous enfermâmes à l'intérieur.

Essoufflé, je demandai :

– Mais enfin, quelles sont ces créatures ? Et pourquoi nous attaquent-elles ?

– J'ai compris : ce sont les LEUCOCYTES*, les gardiens du corps de Traquenard ! expliqua le savant. Leur rôle est de défendre son organisme contre les menaces extérieures, comme les VIRUS ou les BACTÉRIES.

– Mais nous, nous ne lui voulons aucun mal ! objectai-je.

– Évidemment, microtonton, mais comment les leucocytes le sauraient-ils ? souligna Traqueline.

– Détendez-vous, les amis, nous encouragea Téa. Voyons si Traquenard a pu découvrir quelque chose, après quoi nous décamperons !

* Pour en savoir plus, reporte-toi à la page 122 !

LEUCOCYTES AUX TROUSSES !

Ma sœur prit le talkie-walkie et demanda :

– Traquenard, ici Téa, y a-t-il du nouveau ?

– Affirmatif ! répondit mon cousin. J'ai trouvé ça sur le sol du LABORATOIRE !

A-ha ! Cette **carte de visite** appartenait à quelqu'un que nous connaissions très très bien !

– Voilà qui se cache derrière le vol du MicroRat, commenta Téa.

– Mince… souffla Ben. Quel nouveau plan perfide madame Non a-t-elle pu imaginer ?

– Bien joué, tonton Traq' ! s'exclama Traqueline. Fonce au siège de la société **E.G.O.**, trouve le MicroRat et rapporte-le au labo !

Hé, quel était ce bruit ? Que se passait-il ?

Oh nooon !!! Les leucocytes avaient encerclé le vaisseau et étaient prêts à passer à l'attaque !

– Fais vite, Traquenard ! le supplia Eurêskouit. Nous sommes assaillis par tes **GLOBULES BLANCS** et j'ignore combien de temps nous leur résisterons…

– Pas de panique ! répliqua mon cousin en se **RUANT** hors du musée. Je vous sauverai, comptez sur moi ! Terminé !

Entre-temps, les leucocytes avaient commencé à se presser devant la porte du vaisseau, paraissant avoir compris qu'elle donnait accès à leur déjeuner, autrement dit…

Un coup déforma la coque (*clong !*), la poignée grinça (*iiik !*) et je me mis à gémir (*bouuuuh !*) : bientôt, ils allaient entrer !

– Il doit bien exister un moyen de les éloigner ! lança Traqueline.

Téa examina de près le **TABLEAU DE COMMANDES**, puis répondit :

– Je l'ai peut-être trouvé. Cramponnez-vous !

Tout le monde courut à sa place et attacha sa **ceinture**. Enfin, tous sauf moi… vu que je tremblais comme une feuille !

JUUUUUUUUUUUUUURS !

Ma sœur pressa un bouton et annonça d'une voix forte :

– Vaisseau en mode HYPERCENTRIFUGE !

Aussitôt, nous nous mîmes à tourner, lentement d'abord (*ouoooh !*), puis de plus en plus vite (*aaaaaargh !*). Bientôt, le vaisseau se transforma en une sorte de **toupie** et je fus projeté dans tous les sens (*au secouuurs !*). Mon popo3ratin frappa le sol, mon crâne heurta le plafond et je *valdinguai* contre la porte. Sous le choc, celle-ci s'ouvrit et je basculai dehors !

ESSAYEZ DONC DE NOUS ATTRAPER !

En un instant, je fus cerné par les leucocytes. Le mode hypercentrifuge les avait éjectés de la coque du vaisseau. Cette dispersion forcée les avait laissés légèrement cabossés et étourdis, mais ils semblaient décidés à me poursuivre et à m'attaquer à nouveau, plus combatifs que jamais !
Hum, si vraiment ils mijotaient un nouvel assaut… j'étais en très mauvaise posture !
Floconou s'approcha en poussant de sinistres

GRRR GNIC GNIC !

Et tous ses compagnons découvrirent leurs petits crocs.
Ratédiction, pauvre de moi !

– Sauve-toi, Geroni*mounet*, ou ils te mettront **en morceaux** ! cria Traqueline.

– **En charpie**, précisa Ben.

– En bouillie de pistachettes ! renchérit Eurêskouit. J'avais une telle frousse que mes moustaches moustaches en étaient toutes tire-bouchonnées. Je ne voulais pas finir troué comme de l'emmental ou pulvérisé comme du parmesan râpé ! Je rassemblai donc le (peu de) courage que j'avais et m'efforçai, porté par un fol espoir, de réintégrer le vaisseau !

Dès que j'eus bougé, les globules blancs se lancèrent évidemment à ma poursuite.

– Plus vite, Ger ! m'encouragea Téa. Nous devons décamper !

Scouiiit, loin de moi l'idée de me laisser **DÉMANTIBULER** par ces pompons blancs !

Je rejoignis la partie arrière du vaisseau, m'y accrochai à deux pattes, puis hurlai :

– Démarrez fissa !

– Cramponne-toi, Ger ! répondit ma sœur. Le voyage sera… mouvementé !

Elle mit les gaz et le vaisseau démarra en trombe, suivi par une traînée de leucocytes très énervés !

Téa nous fit passer dans un autre capillaire, mais les globules continuèrent à actionner leurs redoutables mâchoires à un poil de mon poporatin.

Nom d'un raton, ils semblaient le prendre pour le plus désirable des goûters !

J'agitai la queue aussi vite que possible pour garder Floconou et ses nombreux amis à distance, mais…

ils étaient terriblement rapides, AGILES… et ne semblaient pas avoir la moindre intention de me lâcher !

– On ne pourra jamais les semer, ils vont trop vite! m'égosillai-je, consterné.

– Plus vite que moi? C'est ce qu'on va voir! répliqua ma sœur.

Appuyant sur le **CHAMPIGNON**, elle…

S'ÉLANÇA comme une fusée le long du capillaire (*aaah !*) ;

BRAQUA à droite pour s'engager dans un autre tunnel (*au secouuurs !*) ;

PRIT un virage très serré à gauche (*doucemeeent !*).

Enfin, elle rangea le vaisseau contre la paroi du vaisseau sanguin et s'arrêta.

Je regardai derrière moi, puis m'écriai :

– Waouh, ils nous ont perdus ! Bravo, Téa !

– Rentre vite, me lança-t-elle en ouvrant grand la porte. On ne sait jamais…

Je VOLAI jusqu'à l'ouverture, remontai laborieusement à bord et, enfin, me rassis à ma place. Je tremblais encore de tous mes poils, mais j'étais entier ! Quelques LEUCOCYTES étaient arrivés jusque-là et rôdaient d'un air perplexe en

reniflant tout autour d'eux. Sans détecter notre présence, apparemment !

– Pourquoi ne nous attaquent-ils pas ? demandai-je. Serions-nous devenus invisibles ?

– C'est le cas ! répondit Eurêskouit. Je me suis rappelé la commande INVISIBILITÉ et je l'ai activée !

– Fantasouristique ! s'exclamèrent les souriceaux.

La ruse semblait fonctionner : les globules blancs échangèrent un REGARD interrogateur, puis, pensant que nous avions filé, décidèrent d'abandonner.

Par dix mille mimolettes, nous l'avions échappé belle !

DIRECTION : LA SOCIÉTÉ E.G.O.

Enfin, nous pûmes reprendre notre souffle !
– Je trouve que l'**EXPLORATION** du corps de Traquenard a assez duré… déclarai-je avec un filet de voix.
– Voyons où il en est de l'enquête, proposa Benjamin.
Nous voulûmes consulter l'ÉCRAN, mais… il resta tout NOIR !

– Serait-il cassé ? s'interrogea Téa.
– Tu as un problème, tonton Traq' ? s'enquit Traqueline.
Ma sœur ralluma son talkie-walkie et demanda à notre cousin :
– Ça va, Traquenard ? Envoie-nous un signe !
En retour nous parvint un fracas terrible, comme produit par :
– une BÉTONNIÈRE mélangeant son mortier (ROM ROM ROM !) ;
– une MOTO au moteur noyé (BROUM, TCHUC TCHUC TCHUC !) ;
– une locomotive sifflant et ferraillant dur (FIII, RAFAFAFAFA, FIII !).

Tout le monde en resta bouche bée. Enfin, tout le monde sauf Traqueline, qui éclata de rire.

– Compris ! Il ronfle !

Dequoidequoidequoi ? Mon cousin dormait ?

Eurêskouit regarda à travers un hublot du cockpit et dit :

– Traqueline a raison. Son flux sanguin a baissé, car pendant le sommeil lent le cœur BÂT moins vite.

– *Iiiik !* m'alarmai-je. Il faut le réveiller !

– Relax, tonton Ger, j'ai la solution ! répliqua notre souricette. Tu sais que je suis très douée pour imiter les cris des animaux les plus bruyants du monde…

Je hochai la tête.

– Celui du coq du pic Retentissant devrait convenir !

Aussitôt dit, aussitôt fait : Traqueline hurla à pleins poumons :

– CO-COCORICO-COCORICOOOO !

Traquenard se réveilla sur-le-champ et l'image revint sur notre écran.

– Que… que se passe-t-il ? bredouilla-t-il.

– Il se passe que notre temps est compté et que toi, tu t'accordes une sieeeste !

– Je dirais plutôt un petit moment de détente ! Je suis à l'entrée de la société E.G.O., mais devant il y a un stand proposant de tester des fauteuils massants. Comment aurais-je pu y renoncer ? Si tu savais combien le mien est confortable… *Mouaaah !*

– TRAQUENARD ! Ce n'est pas le moment de dormir, le recadra Eurêskouit. Tu as une mission !

– Oui, c'est vrai ! répondit celui-ci en sursautant. Je fonce à l'intérieur !

Sur l'écran apparut un immeuble très haut à la façade brillante.

Brrr… mes moustaches se remirent à palpiter frénétiquement.

L'entreprise de la rongeuse la plus rouée et perfide de Sourisia était vraiment grande, que dis-je, énorme, voire colossale…

Et mes compagnons et moi étions petits, minuscules, que dis-je, MICROSOURISCOPIQUES ! *Ratédiction*, une question devenait de plus en plus obsédante : arriverions-nous, oui ou non, à sauver la situation, autrement dit… nos malheureuses peaux ?

Si oui… par quel moyen ?

ET VOICI… TRAQUENARTRONIQUE !

Traquenard se dirigea d'un pas assuré vers l'entrée principale de l'E.G.O.

– Ils vont voir ce qu'ils vont voir, ces voleurs d'émetteur de rayons ! fanfaronna-t-il. Qui me colle mon emplâtre de cousin dans l'**oreille** ou la bouche ne sait pas ce qu'il risque !

Il poussa la porte du bâtiment et nous découvrîmes… une entrée vide.

– Bizarre… commenta Téa.

Juste après **RÉSONNÈRENT** des bruits de pas et sur l'écran apparut une armée d'élégants rongeurs marchant en cadence et dont les yeux projetaient de la lumière !

– Des *animatroniques*, les robots de madame Non ! comprit Eurêskouit. Sûrement les rats que nous avons vus dans mon laboratoire faisaient-ils partie du lot, eux aussi.

– Cache-toi, tonton Traq' ! conseilla Traqueline.

Mon cousin dévala un escalier, puis franchit une porte qui le mena dans une gigantesque RÉSERVE remplie de vêtements !

– Les uniformes des animatroniques ! devina ma sœur.

– Je sais ce qui me reste à faire, répliqua Traquenard en souriant.

Il attrapa un COSTUME, l'enfila et s'admira dans un miroir… Incroyable, on aurait vraiment dit l'un des sbires de l'affreuse madame Non !

– Pendant que vous, vous trouvez le moyen de quitter mon corps, moi, je récupère le RATPETISSEUR !

Par mille mini-fromages affinés, un plan au poil !

– Eurêskouit, par où a-t-on le plus de chances de sortir ? s'enquit ma sœur.

Le savant consulta l'ordinateur de bord, puis répondit :

– Par les voies respiratoires ! Tourne à droite, direction : les BRONCHES* !

– Tu en es sûr ? lui demandai-je non sans inquiétude.

– Certain, Geronimo ! Nous devons gagner les alvéoles, à savoir le bout du bout des bronches. L'objectif est de ressortir par le NEZ à la faveur de la respiration. Ce sera comme grimper dans un arbre, mais à l'envers ! assura l'inventeur en désignant un schéma affiché sur l'écran de l'ordinateur.

– Ha ha ha, bonjour les CROTTES de nez ! s'esclaffa Traqueline.

Entre-temps, suivant les indications d'Eurêskouit, Téa avait atteint les poumons.

* Pour en savoir plus, reporte-toi à la page 123 !

Waouh, épatant !
Molécules de gaz carbonique
Surtout, restons groupées !

Le bol d'air de Gégè-è-ne !
Molécule d'oxygène

Le vaisseau s'engagea dans une alvéole, puis une **bronchiole** et enfin une bronche. *Rat alors*, qui aurait jamais imaginé se trouver là ?! Les tunnels enchevêtrés que nous traversions étaient remplis de **MOLÉCULES** d'oxygène et de gaz carbonique* circulant dans un sens ou dans l'autre !

* *Pour en savoir plus, reporte-toi à la page 123 !*

– Nous sommes sur la bonne voie ! se réjouit Eurêskouit. Maintenant, voyons comment se débrouille Traquenard…

Nous ramenâmes les yeux vers l'écran et…

– Qu'est-ce que tu fais dans la CUISINE de l'E.G.O., tonton Traq' ? s'étonna Traqueline.

Pour toute réponse, mon cousin continua à renifler l'air autour de lui. Jusqu'au moment où ses mirettes se posèrent sur un délicieux buffet…

Celui-ci était composé de pizza aux trois gorgonzolas, de roulés de fromage fondu au romarin, de canapés aux pommes et au brie. Et surtout de…

– Mon dessert préféré ! s'extasia Traquenard.

Sur l'écran apparurent, en plan de plus en plus rapproché, des rosaces blanches et crémeuses… Oh non !!!

Traquenard plongea le museau dans un appétissant gâteau au fromage frais et à la MERINGUE !
Juste après s'éleva un bruit assourdissant, qui nous fit sursauter : WOUIN-WOUIN-WOUIN !
– **Ouuups !** fit mon cousin. Une sirène ! Ils m'ont repéré !

CREUSONS-NOUS LA CERVELLE !

– *Snif*, nous allons finir en **MOU** pour les chats, enfin pour les animatroniques ! pleurnichai-je.

– Aucune chance ! répliqua Téa. Ces machines ont beau être programmées pour nous attraper, il leur manque un élément essentiel dont chacun de nous dispose : un cerveau !

– Vite, sors-nous une de tes idées géniales, tonton Traq' ! enchaîna Traqueline.

– D'accord ! Après tout, ne suis-je pas le Stilton le plus malin de toute la famille ? Gare à vous, tas de ferraille !

Traquenard prit une poignée de mini-plaquettes de **BEURRE** et les jeta dans les pattes des animatroniques, qui… glissèrent et se retrouvèrent les quatre fers en l'air !

– YOU-HOUUU ! Déquillés ! jubila mon cousin.

Puis il déguerpit, ET DANS SON CORPS, TOUT S'ACCÉLÉRA !

Les molécules d'air contenues dans ses poumons montaient ou descendaient À TOUTE BERZINGUE,

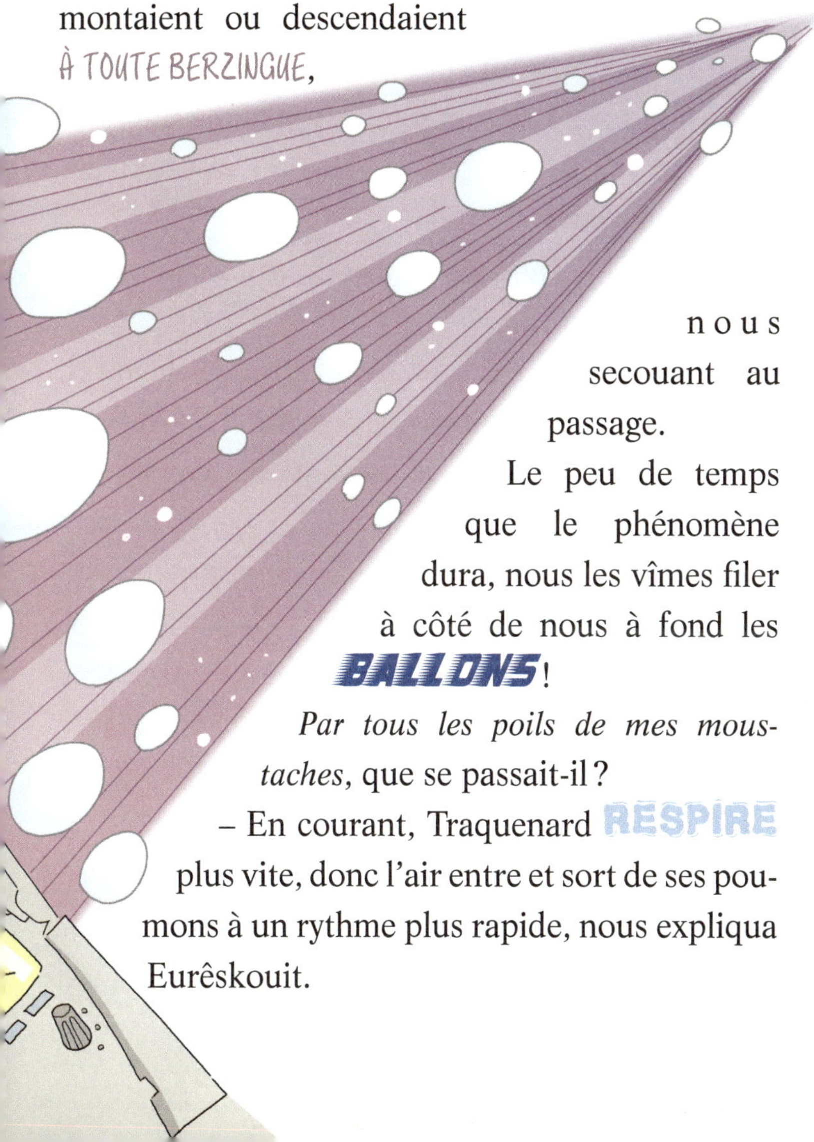

nous secouant au passage.

Le peu de temps que le phénomène dura, nous les vîmes filer à côté de nous à fond les BALLONS !

Par tous les poils de mes moustaches, que se passait-il ?

– En courant, Traquenard RESPIRE plus vite, donc l'air entre et sort de ses poumons à un rythme plus rapide, nous expliqua Eurêskouit.

Nous hochâmes la tête.

– Tâchons de nous concentrer au maximum, poursuivit-il. Téa, ne quitte pas la route ! C'est peut-être l'occasion idéale de remonter jusqu'au NEZ !

– Ne t'en fais pas, je suis sûre qu'on va y arriver ! assura ma sœur.

Entre-temps, Traquenard s'était arrêté pour reprendre son souffle.

– POUF PANT, je suis claqué ! gémit-il. Impossible de continuer à cavaler… POUF PANT… Du coup, je fais quoi ? Voyons un peu… POUF PANT…

– CACHE-TOI ! criâmes-nous en chœur.

Mon cousin trotta vers la pièce la plus proche, puis vers une grande porte à laquelle était suspendue une plaque portant les mots : **TOP SECRET**.

Il l'ouvrit et…

– Regardez un peu qui vient là ? Un Stilton en pelage et en moustaches ! dit une voix féminine aussi musicale que le crissement d'une craie sur un tableau, aussi aigre qu'un citron moisi et aussi toxique qu'une faisselle qui a tourné. Quel bon vent t'amène ?

Vous avez compris ? Eh oui, devant Traquenard se tenait

LA TERRIBLE,

CRUELLE,

PERFIDISSIME

MADAME NON !

À TES SOUHAITS, TRAQUENARD !

La redoutable rongeuse n'était pas seule : à côté d'elle se tenait son cousin, le professeur Non, un INVENTEUR sans scrupule. Et qu'avait-elle dans la patte ? Le MicroRat !

– J'étais sûre que l'un d'entre vous tenterait de récupérer l'émetteur de RAYONS... mais je ne l'imaginais pas assez bête pour venir se jeter droit dans la gueule du chat !

Madame Non pointa l'appareil vers mon cousin et déclara :

– Prépare-toi à devenir aussi petit qu'une fourmi !

– *O-oh...* Si tonton Traquenard est ratréci, nous deviendrons encore plus rikiki ! souligna Ben. Minus comme la miette de la miette d'une miette !

– Ou comme un POPO de mini-moucheron… proposa Traqueline.

– Ou une crotte de nez de puce…

– Ou un ongle de MICROBE !

– Assez ! intervint Téa. Nous allons reprendre les choses en main et sortir d'ici !
Ma sœur appuya sur l'accélérateur et le vaisseau fila à la vitesse grand V.
Mais déjà deux animatroniques retenaient Traquenard par les PATTES.

– NE ME RATRÉCISSEZ PAS ! hurla mon cousin.
– Oh que si, grinça madame Non. Tu es le cobaye idéal pour tester *mon* nouvel engin… Tu es un Stilton, tu es antipathique et tu veux me barrer la route !
– *Ton* nouvel engin ? glapit le professeur Non. Tu veux dire *le nôtre* !
– Quoi ?! Mais le MicroRat est à moi, voleurs à deux *pista*sous ! s'indigna Eurêskouit.
En vain : madame Non ne l'entendait pas.
– Le rongeur à la NOIX qui l'a inventé n'a pas idée de ce qu'on peut faire avec ! Grâce au MicroRat, je vais pouvoir voler les monuments les plus prestigieux du monde, à commencer par la tour Eiffel !
Le professeur Non ne semblait pas convaincu.
– Qui sait combien de collectionneurs nous offriront une montagne d'or pour l'avoir dans leur jardin ? poursuivit madame Non.

Visiblement, elle était aux anges.
– Et moi, je deviendrai la rongeuse la plus riche de l'île des Souris !
– Avec MOI ! insista son cousin. Tu n'arrêtes pas de dire que l'appareil est à toi, que c'est toi qui l'as volé et qu'il fera ta fortune… mais c'est grâce à moi que tu as réussi ce coup !
– Qu'est-ce que tu insinues ?!
– Que cette machine n'est pas qu'à toi ! D'ailleurs, c'est moi qui vais RATRÉCIR cet intrus !
L'odieux rongeur s'élança vers sa cousine pour tenter de lui prendre l'invention.
Pendant ce temps, nous abordions la dernière partie de notre parcours à travers les voies respiratoires de Traquenard, à savoir une montée à couper le souffle !
– Lâchez-moi, gros BESTIAUX ! protesta Traquenard. Mon nez me démange, j'ai besoin de me moucheeer !
– Continue, tonton ! l'encouragea Traqueline. On y est presque !

Il marmonna :

– Je ne tiens plus, vraiment plus du tout...

Téa poussa les feux au maximum, le vaisseau atteignit une vitesse interstellaire. Soudain, Traquenard se contracta, puis laissa fuser un énorme :

– AAAAA-TCHOUM !

La force de son éternuement nous propulsa encore plus haut (*aaaaahhh !*), nous fit traverser son nez (*beurk, que de crottes !*) et nous projeta au-dehors (*enfin libres !*) vers une fenêtre grande ouverte ! Madame Non et son cousin, eux, continuaient à se disputer le **MicroRat**.

Vas-y que je tire, vas-y que je pousse… Résultat : l'appareil leur glissa des pattes…
tomba par terre (*boing !*)…
se déforma (*teuk !*)…
et explosa en émettant un puissant rayon qui fendit l'air et nous frappa de plein fouet (*bzout !*).
Aussitôt, le vaisseau retrouva sa taille normale… et nous la nôtre !
Téa entrouvrit la porte du vaisseau et tendit la patte à Traquenard.

– Monte ! On lève le camp !
Mon cousin se dégagea des animatroniques, saisit la patte de ma sœur et sauta à bord. Puis le vaisseau S'ÉLANÇA plein gaz à travers le ciel. Derrière nous, madame Non cria :
– Mon engiiin ! On se reverra, famille Stilton ! Et ma vengeance sera terrible !

BIENVENUE *BIS* AU MUSÉE !

Une semaine après cette incroyable exploration, nous retournâmes à la Cité de la science pour son INAUGURATION.

– Coucou ! nous salua joyeusement Eurêskouit. Fin prêts pour une nouvelle **AVENTURE** ?

– Tu as reconstruit le MicroRat ? lui demandai-je en frémissant.

– Pas encore, gloussa-t-il, mais… je le ferai bientôt ! D'ici là, venez voir ma nouvelle attraction : très *pista*musante !

Notre ami nous conduisit jusqu'à une immense salle remplie de visiteurs. *Par mille mimolettes*, je n'en croyais pas mes yeux ! Il y avait reconstitué l'intérieur du corps d'un rongeur… à très grande échelle !

Mes compagnons se lancèrent à la découverte de ce rabuleux parc de jeux. Avant d'aller consulter des panneaux explicatifs, Ben et Traqueline sautèrent ainsi sur un tapis roulant couvert de gros coussins moelleux à souhait : ils représentaient les GLOBULES ROUGES qui circulent dans nos vaisseaux sanguins !

Quant à moi… eh bien, j'errai au milieu de ces installations, pâle comme une mozzarella : jamais je n'aurais cru éprouver une seconde fois la frousse féline ressentie dans le CORPS de mon cousin ! Juste au moment où je commençais à me détendre… quelque chose me tira par la queue en faisant *gnic gnic gnic* !

Ratédiction, un LEUCOCYTE !

– Au secours ! Pitié ! À l'aide !

Au même instant, mon agresseur retira son masque et s'exclama :

– Ho ho ho, décidément toujours le même nigaud, Geroni*sot* !

RAT ALORS… QUELLE FRAYEUR !

Ce n'était que Traqueline, qui m'avait fait une farce ! Je poussai un grand soupir de soulagement. Je n'avais évidemment rien à craindre. Enfin, pas pour le moment. **Pas avant ma prochaine aventure !**

Youpiii!
Je t'ai eu!

MICRO-INFOS SUR...

LE TARTRE est un dépôt dur et épais qui s'attaque aux dents ou aux gencives et menace leur santé. Il provient du durcissement de la plaque bactérienne, cette pellicule qui couvre nos dents après chaque repas. La plaque s'élimine à la brosse à dents, mais déloger le tartre peut requérir l'intervention d'un dentiste.

LA SALIVE est un liquide doté de super pouvoirs. Produite par les glandes salivaires (situées dans notre bouche), elle aide à repousser l'attaque des bactéries et à transformer la nourriture en lançant la digestion. Et bien sûr, elle sert aussi à garder l'intérieur de notre bouche aussi frais et propre qu'il le faut !

DE PETITS PRODIGES !

LE TYMPAN est une membrane qui vibre au moindre son venu de l'extérieur.

MARTEAU, ENCLUME ET ÉTRIER transmettent les vibrations du tympan à l'intérieur de l'oreille. C'est grâce à eux notamment que nous entendons.

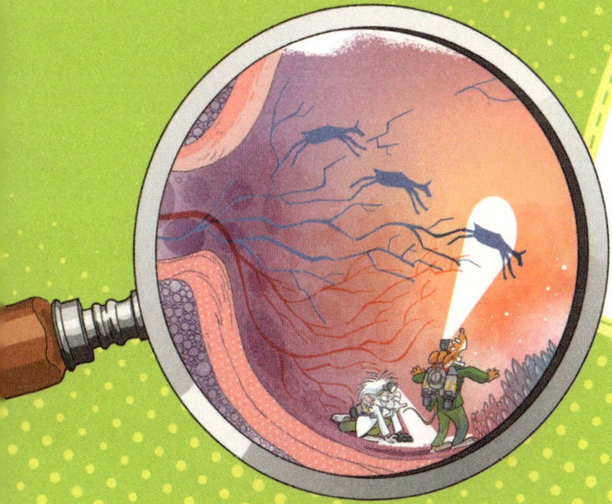

LE NERF OPTIQUE transmet les informations visuelles de l'œil au cerveau. On pourrait le comparer à un câble, et les images à des impulsions électriques circulant à travers lui !

MICRO-INFOS SUR...

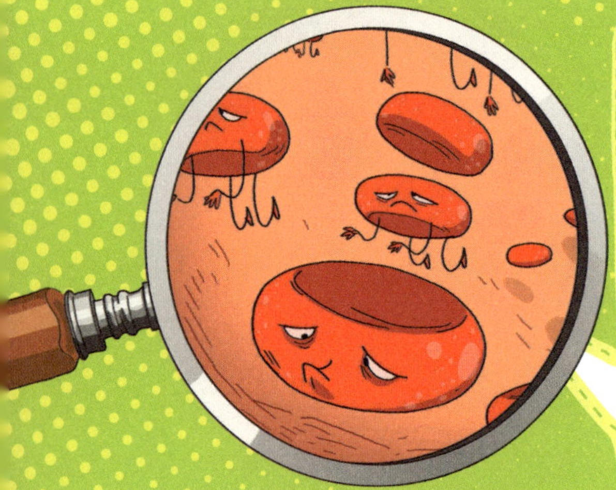

LES GLOBULES ROUGES sont les corpuscules qui donnent au sang sa couleur rouge. Comment ? Grâce à l'hémoglobine, la substance qui les aide à accomplir leur travail ! Leur rôle est en effet de recueillir l'oxygène présent dans les poumons pour le transporter dans l'ensemble du corps.

LES LEUCOCYTES, aussi appelés « globules blancs », sont les défenseurs du corps. Lorsqu'ils détectent la présence de matériel indésirable, ils s'en approchent, l'encerclent et... l'ingèrent ! Ce processus appelé « phagocytose » permet de neutraliser les agressions dangereuses pour l'organisme.

DE PETITS PRODIGES !

LES BRONCHES

permettent à l'air inspiré de parvenir aux poumons. Ces conduits ont un aspect incroyable, qui rappelle les branches d'un arbre.

LE GAZ CARBONIQUE

est une sorte de gaz d'échappement que l'organisme élimine par la respiration. Les molécules de gaz carbonique en surnombre sont envoyées dans les alvéoles pulmonaires (situées tout au bout des bronches) puis rejetées dans l'air, à chaque expiration. 3, 2, 1... sortez !

TABLE DES MATIÈRES

DU MÊME AUTEUR

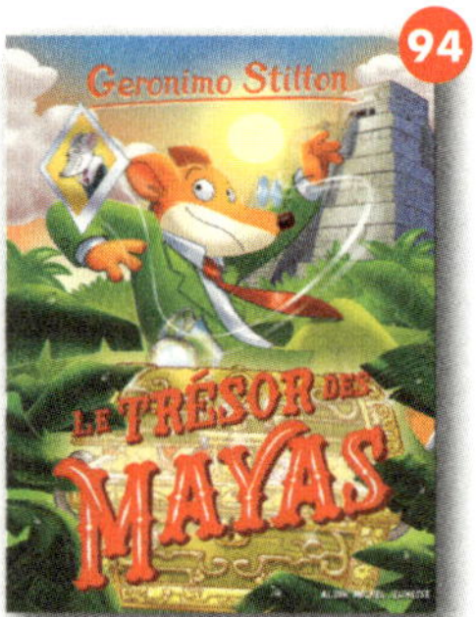

1 Le Sourire de Mona Sourisa
2 Le Galion des chats pirates
3 Un sorbet aux mouches pour monsieur le Comte
4 Le Mystérieux Manuscrit de Nostraratus
5 Un grand cappuccino pour Geronimo
6 Le Fantôme du métro
7 Mon nom est Stilton, Geronimo Stilton
8 Le Mystère de l'œil d'émeraude
9 Quatre Souris dans la Jungle-Noire
10 Bienvenue à Castel Radin
11 Bas les pattes, tête de reblochon !
13 Gare au yeti !
14 Le Mystère de la pyramide de fromage
15 Par mille mimolettes, j'ai gagné au Ratoloto !
18 Un week-end d'enfer pour Geronimo
20 Drôles de vacances pour Geronimo !
21 Un camping-car jaune fromage
22 Le Château de Moustimiaou
25 Le Temple du Rubis de feu
26 Le Championnat du monde de blagues
28 Champion de foot !
29 Le Mystérieux Voleur de fromage
30 Comment devenir une super souris en quatre jours et demi
33 Ouille, ouille, ouille… quelle trouille !
34 Le karaté, c'est pas pour les ratés !
35 L'Île au trésor fantôme
38 La Vallée des squelettes géants
39 Opération sauvetage
42 Mot de passe : Tiramisu
44 Le Secret de la momie
45 Qui a volé le diamant géant ?
49 Panique au Grand Hôtel
51 Neige en juillet, moustaches gelées !
52 Camping aux chutes du Niagara
53 Agent secret Zéro Zéro K
54 Le Secret du lac disparu
55 Kidnapping chez les Ténébrax !
56 Gare au calamar !
57 Le vélo, c'est pas pour les ramollos !
58 Expédition dans les collines Noires

60 La Nouvelle Star de Sourisia
61 Une pêche extraordinaire !
62 Jeu de piste à Venise
63 Piège au Parc des mystères
64 Scoops en série à Sourisia
65 Le Secret du karaté
66 Le Monstre du lac Lac
67 S.O.S. Souris en orbite !
68 Dépêche-toi, Cancoyote !
69 Geronimo, l'as du volant
70 Bons Baisers du Brésil
72 Sur la piste du Livre d'or
73 Alerte aux pustules bleues !
74 Faucon Rouge et poule mouillée
75 Adieu, maison chérie !
76 Opération panettone
77 Le Gang du chat géant
78 Le Mystère du rubis d'Orient
79 Finale de foot à Sourisia
80 Frousse dans la brousse !
81 Une souris à la mer !
82 Le Voleur de chocolat
83 La Nuit magique de Noël
84 Le Secret des patins d'argent
85 Joyeux anniversaire catastrophe !
86 Le Mystère du Papyrus noir
87 Le Gladiateur fantôme
88 Noël au pic du Putois
89 Le Mystère des sept matriochkas
90 Cambriolage à Madrid
91 Le Secret de Léonard de Vinci
92 Le Concours des super chefs
93 À la poursuite de l'Œil du Dragon
94 Le Trésor des Mayas
95 Mystère et Redingote

Et aussi...

Sur les traces du T. rex

Tricératops à l'attaque !

Fuyons le vélociraptor !

Le Titanosaure glouton

Maman ptérosaure en colère !

AU REVOIR, CHERS AMIS RONGEURS,
ET À BIENTÔT POUR DE NOUVELLES AVENTURES.
DES AVENTURES AU POIL,
PAROLE DE STILTON, DE...

Geronimo Stilton